익선동 옛길

익선동
옛길

이일홍 시집

좋은땅

시인의 말
·················

천불동계곡 깊은 어둠 속을 헤쳐 오르다 보면
떨어지는 이슬방울 소리 툭툭 가슴을 울리어왔다.
정갈한 마음 묵언의 걸음 위로 청명한 새소리
정수리에 스미듯 날아들면 화들짝 놀라 어둠 속
길 위에 서 있는 나를 바라본다.
가야 할 길 애써 외면하며 걸어온 지난 세월
무심한 사내의 쓸쓸한 뒷모습이 거기에 있다.
그 세월의 옷자락을 붙잡고 물어본다.
원하던 삶을 살아왔느냐고!
부끄럽고, 부끄럽고 또 부끄러운 일이지만
이제 더 이상 후회의 시간 남기지 않으려
가슴속에 묻어 온 마음의 소리들을 꺼내 보기로 한다.
그리고 나머지 가지 못한 한 길
한 걸음 한 걸음씩 걸어가 보기로 한다.

2부   익선동 옛길

3부 동박새와 도라지 씨앗

4부   신불재 가는 길

6부 삶 그리고 회상

7부   늙은 허수아비의 꿈

8부   삶 그 이후의 만남

1부

강아지풀

강아지풀

작은 손바닥
강아지풀
올려놓고
밀고
당기고
아기 동자
간지럽게
웃어 댄다

단청 아래
턱 괴고 누운
부처님
탱화 가득
번지는
흐뭇한 미소

연꽃 1

이른 새벽
붉게 물든
새색시 얼굴
대궁을 돌아
연잎에 맺힌 이슬
방울방울
수줍은 미소
한 아름 피워 내다

연꽃 2

밤새
너를 안고 기도했다
진흙 속에 뿌릴 내리고
새벽엔
맺힌 눈물 이슬이 되어
곧은 대궁 위
한 겹 한 겹
새하얀 비단옷 벗어 놓고
힘겹게 힘겹게
꽃을 피운 넌
부는 바람에도
향기 하나 건네지 않고
7월의 어느 날
자줏빛 하얀
등촉을 밝혀 그렇게
그윽한 너의 향기로
온통 날 물들여 놓았다

두물머리

마음의 눈
내려 감고
걸어가는
두물머리
물안개
허리를 감싸 오면
그윽한
그대 모습
연꽃 향 속에
드리우다

신발

쇼~윈도에 갇힌
신발 모아
한겨울 버텨 낼
곰배령 풀꽃들에
신겨 주고 싶다
以 心 傳 心
벌거벗은 마네킹
고개를 끄덕이며
미소 짓는다

마스크

마스크 쓰고
살아가는 일상
사람이 입을 닫으니
세상이 조용해지고
사람이 발길을 멈추니
세상이 청명해졌다

새들의 소리
풀벌레 소리
꽃들도
나무들도
한껏 살맛 난 세상…

침묵하는 시간

침묵하는 시간
사거리 신호등
점멸하는 순간
파란불 켜지면
발길에 채이듯
와르르 무너지는
참을 수 없이 가벼운
사람들의 입

맛있는 시

맛있는 음식보다
맛있는 시 한 편
가슴속에 써 내리고

종달새 날아간
한낮 허공

어쩔 수 없는
미소 실실

안개꽃 사이
낮달로 피었네!

섬마을 빵집

파도가 새벽노을
실어 나르는
섬마을 작은 빵집

닫힌 창문 사이
흘러나오는
고소한 냄새

허기진 참새
몇 마리
문이 열리기도 전
안달 난 총총걸음

어서 문 열라
여기 짹 저기 짹짹

잠이 덜 깬
아기 고양이

돌담 사이 얼굴 내밀고
시끄럽다
냐옹~ 냐아옹!

장미

달빛
한 조각
별빛을 지우는 새벽
하얀 화선지 위
새빨간 장미 향기를 입히다

붉은 꽃잎
한 잎
속절없이
낙화할 때마다
가슴 철렁 내려앉는다

긴 밤 잠도 오지 않겠다

하품

가을걷이

볏단에 누워

구름 솜사탕

한 입

하품 가득

조각구름

뭉게뭉게

피어나다

딸

두루마리 휴지
방 한가득 풀어 놓고
두 살배기 딸아이
방긋방긋
천연덕스레 웃는다

아지랑이처럼
라일락 향기 피어나는데

풀 내음 가득 실은
나비 한 마리
팔랑팔랑
엠보싱 휴지 향기
물고 날아가면

아장아장
두 팔 벌려
허공을 쫓는 딸내미

해맑은 눈망울 가득
3월의 햇살이
춤을 춘다

나뭇잎 소리

산중에 들어
온 산 깊이
떨어지는 나뭇잎
하나하나의
사연 들어주다
어느새
곱게 채색된 낙엽 되어
그 옆에
나란히 눕는 나!

봄바람

이끼 낀 우물 속
낡은 두레박
춤추는 봄바람
숨죽여 불러들여
그네를 타면
아무도 모르게
숨어 있던
뭉게구름
수줍게 물든 입술
향기 가득 담아
죽단화 노란 꽃잎 속
정령으로 숨었네!

2부

익선동 옛길

익선동 옛길

익선동 옛길
흰 눈에 덮여 오면
오래된 추억 하나
수채화처럼 피어올라
가던 길을 붙잡고

가로등 그늘 아래
하얀 목덜미가 슬픈
옛 소녀만
찻잔 속에 향기롭네

봇대집 주모
깊은 시름
무정한 세월에
흰 서리만 내려앉았고

옛사랑 간곳없이
돌고 도는 골목길

고택을 넘나드는
위태로운 풍경 소리
속절없이 애만 태우네!

종로 주점

노가리 굽는 냄새

기막힌 종로 저녁

휘날리는 꽃잎

타는 목마름

맥주 한 잔에

다시 행복한

하루가 가네!

추억

자세히 보지 않아도
되돌아보지 않아도
너는 항상 예쁘다

가슴 밭에 피어난
수줍은 코스모스

이랑 같은 거친 삶
오랜 세월 흘렀어도

늘 그 자리에 향기로운
너!

그리움

싸리꽃
흰 눈처럼 쏟아지는
오후

누군가
간절한 그리움

온종일
실어 나르는

휘파람
작은 새…

순수

작은 새
쪼아 먹는
새벽이슬

가장
순수한
영혼의
날갯짓…

민들레

몰래 날아든
민들레 홀씨

얼어붙은 마음
노랗게 피워 낸

내 마음의
봄!

첫사랑

내가 너의 손을
처음 잡았을 때
출렁이던 심장
잔잔한 호수에
별이 쿵 떨어졌다
너와 나 사이에
건널 수 없을 만큼 깊은
세월의 강이 흘렀어도
나의 가슴속엔
널 닮은 코스모스 향기
진하게 물들어 있어
추억의 사진첩 넘길 때마다
지워지지 않는 얼룩
향긋하게 배어 있다

풍경 소리

고택 단청 끝
풍경 하나
지나는 바람
허리춤 끌어안고
수줍게 수줍게
몸 울려 흐르는 소리

세상에 찌든 가슴속 아우성도
한 사흘
흐르는 시냇물에
씻어 올리면
정갈한 소리 하나 담아낼 수 있을까?

새벽 산사
이슬방울 피고 지면
풍경 소리 한 아름
아침 햇살에 머릴 감는다

새벽 풍경

이슬 한 방울
툭…
가슴에 떨어졌다

청명한 새벽
물고
날아온 작은 새

하늘 한편
출렁이는 풍경 소리

애써 흔적 지우는
바람 한 자락

콩 서리

서리태 익어 가는 늦가을
장난꾸러기 동네 꼬마 녀석들
뚝방에 검불 모아 모닥불 지펴 내고
새벽이슬 알알이 박힌 콩 자루
뿌리째 꺾어 내 얹어 놓고
부지깽이 휘적휘적
하얀 연기 봉울봉울 피어올라
눈물 맺힌 여덟 개의 눈동자
검게 타 버린 콩깍지
콩알콩알 입에 가져가면
숯검댕이 얼굴마다
웃음 방울방울 영글 때
삼밭 너머 주인 할배 몽둥이
허둥지둥 넘어오는 고랑 길
가을 보리밭에 숨어들면
뭉게구름 따라 어지럽게
맴돌던 고추잠자리 쫓다
누구라도 할 것 없이

하나둘 잠이 들던
동네 꼬마 녀석들…

상감청자

푸른 청자 위
구름 한 조각
청명한 가을 하늘
노 저어 오듯
한 마리 학 춤추고 노래하면
천상의 화원 내려앉은 듯
곱게 단장한 여인의 머릿결
창포 향 홀로 은은하구나

정갈한 세상에
티 한 점 남기지 않은 것은
금방이라도 하데스의 심술
저승을 건너올까 두려웁다
오가는 신선계 너머
가야금 선율 타고 이백이 노래하면
수백 년 품은 세월
푸른 청자 향기 가득
운학이 춤을 춘다

편지 1

가슴으로 쓴
편지 한 통 띄우고
몇 날 며칠
눈밭을 서성이다

마음으로 부쳐진
편지 한 통 받아 들고
다시 몇 날 며칠
가슴 설레인다

뜯어 볼 수 없는
편지 속엔
정갈한 그리움 담아
맑은 우물
겨울 달빛 품고
한껏 춤을 춘다

편지 2

365일
그리움 모아
물새에게
물려 보낸 편지

달안개 걷히고
수줍은 수련꽃
깊은 그리움
두드려 오면

키 작은 대문 앞
빨간 우체통
켜켜이 쌓이는
물소리 바람 소리

도요새 한 마리 날아와
날개 접으면
혹여나 하여

온종일 설레는 맘

아리고 아린
이 내 그리움
물새는 알까?

부엌 서정

초가지붕 너머
넉넉히 자란 수숫대
몰려드는 비구름에 머릴 감는 오후
온몸이 쑤셔 오는 날엔
아궁이에 군불 지피고
사랑하는 아내와 나란히 앉아
햇감자를 구워 먹으면
입가에 검불대기처럼
사랑도 함께 묻어나
빨갛게 달은 숯덩이마냥
아내의 볼도 벌겋게 익어 가고
가마솥 누룽지 구수하게 넘쳐나면
어스름해지는 날빛
귀뚜라미 하나둘 춤을 추고
하늘 높이 날아오르는 연기
속으로 밤은 깊어져
지친 새들 깃 내리는 대나무 숲
서걱이던 바람도 함께 잦아들어

아득히 들리는 부엉이 소리
도란도란 옛이야기 속으로
행복한 하루가 저물어 가네!

3부

동박새와
도라지 씨앗

동박새와 도라지 씨앗

물어 온 도라지 씨앗
바위 틈새 숨겨 놓고
오가는 수십 년 세월
계절마다 꽃이 피고 지더니

한여름 몰래 캐어내어
딸아이 입에 물려 주면
아리고 아린 향
입안 가득 피어나네!

순박한 여인의
모시 적삼 닮은
흰색 도라지
꽃잎 물고 집까지 따라온
수다쟁이 동박새
하루 종일 씨앗 돌려 달라
애원하는 소리
찌앗 찌앗

오늘따라 노을은 더욱 붉게 물들어
가슴까지 저려 오는
도라지꽃 내음

수족관

수족관 속 붕어 한 마리
수족관 밖 악어를 보고
심각한 표정이다
왕방울 같은 눈 치켜올리고
티처… 티처…
세상 밖이 궁금한 걸까
아님 무얼 그리 가르쳐 달라는 걸까?
세상 밖은 위험천만이고
난 아무것도 아는 게 없는데
거품 한가득 물고
티처… 티처…
오히려 난
수족관 안이 부럽다

사진 속 풍경

울타리 너머
세 살배기 딸
빨간 장미 한 송이
꺾어 놓고
서럽게 울어 댄다

새하얀
고사리손
무명지 마디 끝
몽글몽글
새빨간 피가
솟는다

박태기나무와 가로등

봄비 촉촉이 적셔 물고
박태기나무 알알이
맺힌 자주 꽃송이

화사한 향기 베어 물고
고개 숙인 가로등

어둔 모퉁이 그림자 밝혀
꽃방망이 가득 품고
밤새 행복한 꿈을 꾼다

봄 1

새들이 놀다 가는
새빨간 우편함
편지 한 통 오지 않고
긴 밤 하얀 눈 내려
총총히 찍힌 발자욱
누군가
씨앗 하나
떨궈 놓고 갔네!

하우스에 익어 가는
새빨간 딸기
아무도 몰래
한입 베어 물고
푸르덩 날갯짓 소리
수줍은 부리엔
화사한 봄
한 움큼 물려 있네!

사랑

박새 한 쌍
옮겨 앉는
가지마다
주고받는
눈빛

사랑은
아주 작은
눈빛 하나로
충분하다

배롱나무 향기

밤새
천둥번개
몸살 앓던
배롱나무
피워 낸 꽃무리
촉촉이 배인
수박 향기
한가득 담아
잠꾸러기
잠든 아내
입에 가득
물려 주고 싶다

休

청마루 그늘 아래 늙은 개
시간을 베고 눕는다
새털 같은 바람 한 자락
지나온 흔적을 지운다
어제는 가 버렸고
내일은 아직
내일일 뿐이며
오늘은 남아 있다
하품 가득 내려앉은 하늘
한바탕 소나기 쏟아지겠다

고추를 따다가

싸리 광주리 허리에 끼고
이랑마다 빨갛게 익은 고추를 따다가
고추만큼 매운 열기 이마에 송골송골
섬돌에 앉아 벙거지 벗어 던지면
앞산 가득 밀려드는 구름 덩어리
비가 오면 수수부꾸미 늘어 부쳐
막걸리 한 사발 생각에
절로 드는 흐뭇한 미소

다섯 개의 고랑 넘나들도록
오라는 비는 오지 않고
햇살만 능글맞게 돌아 나와
애매한 고추만 툭툭
가지째 꺾어 들어 허공에 던지면
싸리문 가득 아내의 매서운 손짓
막걸리는 처마 끝에 녹아 흐르고
허둥지둥 헤매는 고추밭 긴 고랑 길

벚꽃 개화

얼어붙은 계절
박제되어 버린 몸
굳게 닫혔던
문 열리고

찢어지고 꺾여진
상처 헤집고

누군가 엿볼까
슬며시
불쑥
한 올 한 올
고개 내밀어 온다

이슬 한 조각
햇살 한 조각
하얗게 하얗게
스며든 아침

별 닮은 입술
앙다물고
부끄러운 눈빛
마주쳐 오면

지켜보는
내 가슴도
벌렁벌렁

찬란한 꽃비
휘돌면
현기증 나게
쏟아지는 향기

너도나도
화들짝
미쳐 버릴 날

야설

사락사락 깊은 밤
하얗게
쌓이는 눈

시린 발 접어 걷는
아기 고양이

뜬눈으로 지키던
겨울나무
고개 숙여 함께 걸으면

밤새 따라온 발자욱
환히 밝히는
키 작은 가로등

포근히 안겨
귀 기울이면
소록소록 얼어붙은

마음까지 녹여

가슴 따뜻하게 안아 주는
새하얀 비단 길

봄 2

문풍지에 저며 든
라일락 향기
봄볕 품은
새들의 날갯짓 소리

하품 머금고
댓돌에 기대앉으면
싸리문 너머 아지랑이
마늘 싹 돋아 나오는
둔덕에 허리 낮춰 피어오르고

달래 몇 뿌리 아내 손에 안기면
간장과 홍고추 송송, 깨소금 숭숭
순식간에 차려진
소담한 밥상

갓 지어 낸 하얀 쌀밥
올려 한 수저

순간 입안 가득
새봄이 들어왔네!

까치의 눈물

같은 나무에 둥지를 틀고
같은 하늘을 비상하고
같은 곳을 향해 노래했지
그대 떠나간 새벽
단풍나무 사이 아름다운 여명
어김없이 밝아 오고
이슬 머금은 장미 언덕
여전히 붉게 타오르는데
소리 내어 울 수가 없어
눈물조차 흘릴 수 없어
널 보낼 준비 되어 있지 않은 난
이제 더 이상 날 수가 없어
이제 더 이상 노래할 수 없어
어떡하죠, 어떡하죠!
함께한 시간 온기조차 식지 않았는데
잊혀진 기억들은 다시 돌아오는데
슬픔 안고 살아가야 할 나 어디로 가야 하죠
돌아갈 길 잃어버린 나 어디로 가야 하죠

갑자기 온 이별 난 아직 믿을 수 없어
그 향기 그 숨결 아직 그대로인데
정말 그댈 보내야만 한다면
좋았던 우리 기억 모두 가져가요
그대 기억 안고 평생을 살아가기보다
그대와 함께 하루하루 살아 내고 싶었는데
이젠 잠시 그댈 놓을게요!
그대를 평생 담아낼 그릇
내 가슴엔 하나밖에 품을 수 없어요!
그대여 안녕, 정말 안녕…

4부

신불재 가는 길

신불재 가는 길 1

보름달 삼키고
다시 보름을
엉엉 울었지
신불재 넘어가는
바람 한 자락 붙잡고
하얀 머리 풀어 헤쳐
억새들은 그렇게
밤새 울었지

툭툭 소리 내어
이별을 고하는 나뭇잎
맨가슴으로 새벽을 맞으면
비단 같은 운무에
속살 누이고
서러운 색시처럼
억새들은 또 그렇게
밤새 울었지

수백 년
발끝부터 가슴까지
옥죄어 오는
담쟁이처럼 질긴 발톱
심장에 새겨 가며
어둠 깔린 황톳길
누워 달리며
정신 나간 누이처럼
그렇게 억새들은
밤새워 울었지!

신불재 가는 길 2

배내골 비구름
허리춤에 매달고

해진 주막 탁자에
막걸리 한 사발 놓으면

오래된 시름
춤추는 능선 아래 묻었네

섬섬옥수 그리운 얼굴
안개 속에 피고 지면

꿈결인 듯 돌아보는
신불재 머리맡엔

수줍은 갈대
밤새 자리를 폈네

칠선동 가는 길

천년의 숲길을 걷다
만난 하늘
달빛 하나
별빛 한가득
아버지 등처럼
따스한 바람 안고
자꾸만 돌아보는
두지동 언덕
호두나무 아래
가을이 익어 가면
누구와도 행복한
칠선동 가는 길…

산

산이 좋아
산에 들면
만 가지 사념
사라지고

바람과 숲
들풀과 꽃

그리고
친구와 한 잔의 술은
덤!

딱새

산이 그리워
며칠째 몸살을 앓다

망경대 가는 길
딱새 한 마리

부리 가득
전해 온 봄소식

순박한 눈빛
희열이 몸부림친다

분주령 풀꽃

오랜 시간을
돌아와
다시 찾은 분주령

맞닿은 하늘마다
수줍게 자릴 편
너를 만나면
가슴속 풀어낼 말이
많을 것만 같았는데

정작 아무 말 없이
삼십 리 숲길을 걷고
또 걷다 보니

어느새
내 마음속 꽃을 피운
작은 풀꽃 한 무리

에델바이스(설악산)

검은 화선지 위
묵 향기 내려앉듯
어둠 깃든 설악의 속살 여며
천년의 숲
천년 동안 맺힌 이슬
정수리까지 울려오는 소리
마음의 짐 내려놓고 걷는 길

눈바람 휘날리는
한계령 능선 길 넘어
공룡의 위태로운 절벽
넘나들던 새들도 잠시
깃을 품고 쉬어 가는 곳

사람에게 받은 상처
아물지 않을 때
거친 바람까지 안아 주던
그 품 그리워 다시 찾아들면

언제나 같은 자리에 피어나
지친 영혼 보듬어
용기를 세워 주던 에델바이스

그 오랜 세월
치열했던 삶의 쟁기질 끝에도
풀 한 포기 키워 내지 못한
못난 내 인생이 가여워
바위 틈새 피어난
꽃 한 송이 붙잡고
서러운 눈물 그치지 않았다

안개비 소리 없이
시린 눈 가려 오는
1275봉 머리에 이고
옹이 진 고사목에 부리를 세워
거센 기류에 몸을 날리는
황조롱이 매서운 눈을 쫓아
마등령 끝자락에 홀로 서면
늘어진 동해 바다 흰 파도
성난 호흡으로 달려들고

다시 한 걸음
한 걸음 옮겨 걷는 길
비선대 옥빛 물결에
묶인 피고름 씻어 가며
세상과 마주할 수 있었던 건
눈부신 설악 한 자리 내어 주며
변함없이 나를 안아 준
에델바이스 네가 있었기 때문…

단풍

곱게 누운
삼신봉 능선 품어

숨죽여 피워 올린
단풍 한 자락

어여삐 단장한
옛 여인의 수줍음인가

가을볕 헤쳐 나온
피아골 바람 한 자락도
홍시처럼 빨갛게 익어

그 속에
무딘 바위로 누워
잠이 들면

어느새

붉게 물들어 버린
나…

산촌

백양나무 숲 너머
달리는 산등성이 둘러메고
구름 숲 한걸음에 달려와
산촌에 비 오는 날이면
처마 끝 차양을 내리고
오래된 흙바람 벽에 기대어
함박꽃 찻잔 은은한 향에
한참을 서성이다

바라지창 너머 작은 뜰
꿈결인 듯 옛 가락 풀어 오면
속절없이 스며드는
설움 한 자락 닮은
비에 젖은 금낭화
활대 가득 피워 낸 복주머니 속
톡 하고 터져 나올 것 같은
산촌의 옛이야기

비 오는 날의 청계산

난 잎에 머물던 바람
목향 잎 속에 숨어들면
깊은 시름 품어 선잠이 들고
비구름 끌어안은 청계산
풀어 헤친 옷고름마다
수만의 나룻배를 품었네!

무정한 세월 삭지 않는 연모의 정
둘레길 연리지 회화나무
수백 년 운명으로 얽혀
마왕굴 바위 속 상처 입은 짐승들
한숨으로만 남아
오가는 바람 쉼터 자리를 내주면
철없는 구름자락 시새움에
망경대 펼쳐 놓은 능선마다
하얗게 새벽길을 덮었네…

은사시나무

은사시나무 머릿결 풀어
한여름 폭풍에 출렁이면
허허롭게 비어진 가슴속
파도처럼 밀려드는 함성 소리
흰 속살 한껏 드러낸 채
기억 속 켜켜이 이겨 온 한 풀어내듯
솨~ 솨~ 소리쳐 온다
기쁨의 소리도 설움의 소리도
이곳에선 함께 모여 출렁이고
국망봉 흘러가는 능선 끝
강씨봉 치마폭 아래 묻어 둔
청춘의 하얀 씨앗
버거운 세월 비켜서지 못한 채
함박눈처럼 녹아내려
살아온 날들이 살아갈 날들의 무게를 덜어 내면
구름이 해를 가두고
바람이 구름을 밀어내어
저들끼리 모여 흘러가는 곳

스스로의 몸에 옹이를 박아
산새며 다람쥐며 안식처를 삼아
한결같은 소리로 고여 흐르는 곳
은사시나무 여름내 흐느껴 울다
온 산 가득 하얀 꽃씨 피워 내면
상처를 보듬은 짐승 하나둘
세상 밖으로 길을 떠나고
반평생 뭉쳐진 설움 덩어리
세상 밖으로 사라져 간다

등구재 장승

새벽녘 풀잎에 맺힌
이슬이 영롱한 건
순간을 머물기 때문

청명한 가을 하늘
쪽빛 물감 빚어내는 건
뭉게구름 한쪽 머물다 가기 때문

들판에 피어난 이름 모를 풀꽃
누군가의 입에
불려지지 않았어도
머리 풀어 한세상 이리저리 흔들려
이슬처럼 머물다
구름처럼 흘러가고

바다가 거친 파도 보듬어
산봉우리보다 큰
바닷속 산을 품어 내듯

원망도 설움도 그리움마저
다 품고 홀로 가는 이 세상

바람만이 안아 주는 등구재 장승
굽어진 허리 펴고
이 세상 행복한 유랑 끝나
돌아갈 날 기다리며
다시 하루 살아가는
이승의 설레임…

약수터 가는 길

약수터 오솔길에 접시꽃 한 무리 피어났습니다
하얀색, 붉은색, 연분홍색
키 맞춰 피워 낸 꽃잎이 저녁 달빛보다 아름다워
부끄러운 줄 모르고 한참을 서성입니다
하지만 접시꽃은 내가 좋아하는 꽃은 아닙니다
한 시인은 접시꽃을 아내에 비유하기도 하였지만
내가 접시꽃을 그다지 좋아하지 않는 이유는
커다란 잎이 부담스럽고
일 미터 이상 자라는 꽃대는 더욱 부담스러운데
앞을 바라보는 꽃잎은 수수하기보단
우러러봐 줘야 할 것 같은 곤란함 때문입니다
오히려 지난여름 곰배령에서 마주했던
으아리, 앵초, 이질풀, 며느리밥풀, 각시붓꽃 같은
손마디만큼 작은 풀꽃들이 그리워집니다
거센 바람과 천둥 속 여린 몸짓
조심스레 일으켜 세워
들판에 잔물결처럼 흘러가던 꽃잎들
허리를 한껏 낮추고 조용히 불러 줘야만

돌아올 것 같은 향기
마치 오랜 기억 속
어린 누이의 모습인 양 그립습니다

5부

겨울 창가에서

겨울 창가에서

하얗게 성에 낀
유리창

시린 손가락으로
아껴 새기는
이름 석 자

입술을 대면
차갑게 스며드는
가슴 아린 추억

차창 너머 번지는
투명한 그림자는
헤일 순간도 없이 사라져

아픈 기억도
익숙한 향기도
함께 고이는 무심한 새벽

흘러내리는 건
눈물이 아니라
나의 삶을 어루만지던
너의 따스한 손길

지우고 또
지우는
그리움 속에

까맣게
타 버린 겨울 창가

유리창에 쓰여진 시

몸서리치게 폭우 몰아치는 밤
통창 앞에 누워 바라보는 하늘
내리는 비는 유리창에
천둥과 번개를 품고
고뇌의 흔적으로 쓰여진
한 편의 시를 남기기로 한 듯
밤새 지웠다 다시 새기는 한 줄

잠들지 못하는 사내는
창문 밖의 사람인지
창문 안의 사람인지
꿈결 속의 사람을 잊지 못하는 건지
꿈결 밖의 사람을 못 잊는 건지
비가 그치면
검은 넥타이 박새 한 마리
유리창에 새긴 시 한 줄 물고
가슴속으로 날아드는 새벽…

봇대집

하루 종일 비 오는 날엔 봇대집에 가자
엉덩이 다닥다닥 붙은 장의자에
찌그러진 양은 주전자 가득
늙은 할매 손맛 익은 걸쭉한 탁배기
한 사발에 오래된 시름 날리고
자제할 수 없는 설움
수챗구멍에 밀어 넣고
대놓아 풀어낼 수 없었던 가슴속 분노
바람벽 널빤지 굵은 매직으로 날리며
친구야 비 오는 날엔 우리 봇대집에 가자

주머니엔 땡전 한 푼 없어도
우중충한 날엔 더욱 땡기는
간판 없는 주점 마음의 고향
탁배기 사발 흔들어 주고받으면
낯선 도시 이방인도 친구가 되고
맛깔난 고갈비 한 접시에 밤은 깊어 가
주모의 욕담 한 귀로 흘려 가며

웃음도 울음도 함께 고여 머무는
피맛골 구부렁길 하늘이 내려앉은 곳
비 오는 날엔 우리 봇대집에 가자

바람 찬 종로 네거리 홀로 해매다
약속도 없이 흘러드는 곳
마주치는 한 잔 술엔 누구라도 반가운 얼굴
노신사 아코디언에 맞춰
구슬픈 가락 어둠 속에 울려 퍼지면
주고받는 가슴속 시름도 아련히 익어 가고
춤추는 백열전등 아래 밤도 깊어져
봇대집 할매 매서운 눈초리 등 뒤에 맞으며
가노란 말도 없이 어둔 골목길로 사라져 가는
마음마저 서글퍼 비 오는 날엔
아직도 그립고 그리운 봇대집에 가자

나눠 태우는 은하수 담배 연기 속으로
숨겨 온 한숨일랑 허공에 날리고
토해 내는 울분도 슬픔도
취루 가스에 스며든 허기마저
쓰디쓴 위장 뒤집어 탁배기에 흘려 버리며

돌아갈 집을 잃어버린 짐승들처럼
보신각 종소리 서럽게 울려 퍼지면
청진동 해장국 닫힌 문도 흔들어 깨워
아직 남아 있는 날들 살아 내기 위하여
친구야 비 오는 날엔 우리 봇대집에 가자

새집

깊은 산속
샘물 소리 자장가 삼아
산죽 틈 집을 짓고
품어 내던 한 가족
하얀 눈
거친 바람 속
솜털처럼 가벼운 빈집
덩그러니 남아 있지만
결코 가볍지 않았을
네 삶의 무게를 가늠하듯
겨울 나뭇가지 허리만큼 휘어져
햇살에 녹아내리는
소리만 툭툭 울리어 오면
가벼운 집 하나 짓지 못하는 난
버거운 삶의 짐을 메고
겨울 산을 내려오다
눈 쌓인 어느 산중
살포시 내려앉아

부리 고운 입술로
휘파람도 불어 보는
행복한 널 상상해 보는 것이다

겨울 서정

검게 그을은 부지깽이로
솔낭구 한 지게
흙 부엌 아궁이 깊이 밀어 넣어
구들장 데펴 놓고
아랫목에 자릴 펴고 누우면
무릎까지 올라온
함박눈 장기리 숲속 길
얄팍한 겉옷에 핀
상고대만큼이나
얼어붙은 마음까지
녹여 주는 이부자리 아래
뜨거운 보리밥 한 그릇
간장에 절인 매운 고추 한 접시
고봉 한가운데 자리한
어머니의 마음 가득 담아
노랗게 뭉글진 달걀까지
문풍지에 스며든 달빛
귓가에 맴돌던

아버지의 깊은 허기는
언제쯤 시작되었는지
고드름 줄줄이 열린
초가지붕 굴뚝 너머 밤하늘
하얗게 날아가는 연기 사이로
어머니의 기도 어루만지며
초가집에 머무는
하나님의 흐뭇한 미소

사람에게 받은 상처

새벽 빛살보다 먼저 일어나
도시를 깨우는 까마귀 떼
새는 도시에 살고 나는 산골에 산다

산에 사는 나는 집을 짓지 못하고
도시에 사는 새는 쉽게 집을 짓는다

언제부터일까 뒤바뀐 너와 나의 삶!

익숙하지 않은 나의 생활에
너의 큰 날개를 빌려주렴
나는 너에게 그 오랜 도시 생활의
비밀을 가르쳐 주마

사람에게 받은 상처는
쉽게 아무는 법이 없어
너의 가벼운 날개를 빌려 달고
바람도 머물지 않는 섬으로 가고 싶다

평생 품어 살던 묵은 상처
한 세월 거센 파도에 씻어 내면
탈색된 가슴 비집고 새살 돋아나
나 언젠간 영원의 집으로 돌아가
편히 쉴 날 있을까?

섬

여울을 키워
한 땀 한 땀
당신에게
소식을 보냅니다

그곳은 아직
오실 수 없는
하얀 겨울인지요?

상사화

그립다 하면 그리움 가실까
잊으라, 잊으라 하면 잊혀질까
그리움이 죄가 되어
한 뿌리를 두고 피어나
만날 수 없는 형벌
한여름 인고 끝에 피워 낸 꽃잎
기다려 왔던 잎은 지고
끝내 보여 줄 수 없는 향기
홀로 태워 보내는 여름 하늘
꽃과 잎의 영원한 그리움
이루어질 수 없는
사랑을 담은
안타까운 그 이름 상사화

숲속 풍경

먹구름 한껏 산을 지우며
물안개 내려앉는 새벽녘
폭우도 잠시 쉬어 가는 숲속
노랑 망토 걸쳐 입은
망태버섯의 화려한 외출
거미줄 사이 무지개 피어나면
산뽕나무 기대 자란 털목이버섯
멋진 갓을 뽐내어 올라오고
낙엽송 아래 탐스런 계란버섯
빨갛게 익어지면
갈참나무 사이 내려앉은 하늘
예수님을 닮은 딱새 한 마리
버드나무 꺾어 들고 피리를 불고
산등성이 늘어진 계곡마다
머릿결 풀어 춤추는 수초
혼돈의 세상을 잊은 두루미는
잠시 세상을 다녀가는
신선의 여유 다시

바람 불고 비 내리고 먹구름 걷히니
한 자락 꿈결처럼 서성이는 새벽

사모곡

민들레 홀씨처럼
지난밤 그대품에
살며시 스미었죠
새벽녘 문설주에
하얀달 비쳐오면
그대꿈 깨일까봐
버선발 돋아들고
고개든 달무리꽃
노랗게 물든정원
바람에 실려가듯
그렇게 돌아가요
그대는 아실까요
혹시나 청포꽃향
창호에 남아있어
먼훗날 운명처럼
그대의 꿈결속에
꽃향기 피어나면
지금은 잊혀졌을

추억속 그사람을
한번쯤 생각해요
익숙한 그향기가
잊혀진 나였음을!

세상을 바로 보는 방법

바람 속에 들어가 자유로운 바람이 되어 보니
한세상 살아간다는 것이 무거운 속박임을 알게 되었다

호수 속에 들어가 잔잔한 호수 되어 보니
세상이 얼마나 시끄러운 곳인지 알 수 있었다

이름 모를 풀꽃들과 가을 능선 함께 흔들려 보니
세상 속 불려진 이름 석 자 부끄럽기만 했다

삼라만상 묵묵히 품어 내는 산이 되어 보니
세상 속 작은 고통에도 무너지는 한없이 가벼운 나

세상을 적시는 비와 함께 섞어 흐르다 보니
메마른 사랑에 허덕이는 사람들의 마음 알 수 있었다

만추 단풍 져 떨어지는 낙엽이 되어 보니
세상에 쌓아 둔 욕심 얼마나 부질없는지!

깊은 밤 달이 되어 세상을 비추어 보니
어둠 속에서 아파하는 사람들 보이기 시작했다

평생 작은 깨달음도 얻지 못하던 내가
세상을 조금씩 볼 수 있었던 건
세상 속으로 들어가 하나의 사물이 되고부터서였다

전생

나는 전생에 작은 새였나 보다
밤새 밀리고 또 밀리는
파도 소리로 머릴 감으며
바다 한가운데 홀로 떠 있는 등대
외롭지 않게 지친 날개 내리고
아침에 피워 낸 연꽃잎 물어
거친 산맥 날아오를 때
역풍에 날개 꺾여 흐느끼다
깨어 보면 꿈이었음에
아무래도 난 전생에 작은 새였나 보다

자맥질하는 물새는
은빛 비늘을 입은 바다의
아름다운 화폭을 잊지 못해
바다를 품어 살고
떠오르는 새벽 붉은 노을
부리 가득 물어 나르던 기억
잊지 못해 산을 품어 사는 난
전생에 작은 새였나 보다

6부

삶 그리고 회상

사진

노랑색을 보면
떠오르는 것

한낮의 태양
고흐의 해바라기

그보다 먼저
떠오르는 유채꽃

파도가 끌고 가는
통영 앞바다
그리고 나무 벤치

수줍은 그대 얼굴
유채꽃처럼
환하게 빛나다

人

기댈 수 있는
벗 하나
가까이 있는 것만큼
행복한 삶은 없다

가을이 오면

가을이 오면
노랗게 물들던
은행나무 교정

그해 깊었던 계절
너를 보내고 나니
네가 내게로 왔다

너의 모습 떠올리면
채색한 단풍처럼
곱게 물든 그리움

세월 한 움큼 흐른 후
아메리카노 한 잔의
익숙한 향기로 남아

이름만 불러도
뭉클한 미소
주렁주렁 피었도다

민들레 홀씨

장독대 틈새
노랑 민들레
대궁을 피워 올려
마침내 꽃대 끝 맺힌
하얀 씨방
손바닥 입에 대고 훅!
홀홀히 떠나가는 홀씨…

가고 싶을 때 가고 싶은 곳이 있었을 텐데!
밀려드는 미안함
살아오면서 누군가의 길
막아선 적 없었던가 생각하니
후회로 남는 하루…

비

꽃잎 젖는 소리
오동잎 젖는 소리
돌담 두드리는 저 소리
그리고
소리마다 녹아드는
내 영혼!
오랜 연민의 소리

보도에 흩어진
나뭇잎 헤이며 걷는
쓸쓸한 뒷모습
보이지 않으려

누군가의 설움
누군가의 눈물
비는 그렇게
한여름 밤을 새워 내렸다

개미

땅 밟고
하늘 이고
걸어온 한 길…
발에 밟힌
개미 한 마리
평생의 길을 되묻다

친구

한겨울 칼바람 부는 홍제천 어둔 골목길
바바리코트 속에서 꺼내 든 나폴레옹
한 병에 함박웃음 터트리던 친구

등대 불빛 위태롭게 쏟아지던
태종대 자살바위에 앉아
하얗게 부서지는 파도 속으로
상처 입은 청춘 한 자락 날리고
고드름 피어난 트렌치코트 휘날리며
남포동 네온사인 휘청거리는
새벽 포장마차
연탄불에 올라온 꼼장어 안주 삼아
뜨거운 정종 몇 잔에 취하던 친구

허벅지까지 올라온 눈바람 헤치고
국망봉 가는 길
서늘한 토치카 안에서
손발 비벼 가며 먹던

매운 김치찌개
소주 몇 잔에 취하던 친구

민주화의 열기 뜨거웠던 그해 8월
공권력을 위장한 폭력에
상처 입은 짐승들
간판 없는 주점 봇대집에 엉덩이 부비고
주절거리는 이상 수챗구멍에 쏟아 가며
찌그러진 주전자 막걸리
서럽게 취하던 친구

어느 때인가 흘깃흘깃 돌아보면
어제는 이미 먼 옛날이 되어
오늘의 기억마저 흐릿해질 때쯤
우리 서로 가야 할 길 가야겠지만

이젠 하얀 머리는 늘어
백발의 중늙은이가 되었어도
무심히 내리는 겨울비
삼각지 포장마차에 앉아
변함없이 소주 한잔 받아 주는
오랜 친구 하나 있어 난 행복하다

고향 집 1

어머니 이미 그곳엔
아카시아 피었습니까?

초가지붕 너머
바람에 실려 오던
살구꽃 은은한 향기도 지고
까치집 머리에
저녁놀 내리면
달님보다 먼저
싸리문 흔들던
실개천 소리

위태로운 흙 담장 아래
엉기성기 엉겅퀴
무딘 가시 꽃 여미고
부엉이 뜬눈으로 날 밝히는
이미 그곳엔
아카시아 피었습니까?

논두렁 황톳길
달빛 밝혀 돌아오면
검둥이 먼저 달려와
어깨를 털어 내던
그리운 내 고향 집
어머니 목소리
아버지 목소리
날마다 한이 되어
수리잡 굽잇길에
물안개 싸이던 곳

올해도 그곳엔
아카시아 피었습니까?

고향 집 2

도라지꽃 넘실대는 앞산 자락 저녁놀 떨어지면
온 가족 평상에 둘러앉아 이야기꽃 피워 내고
논두렁 개구리 부뚜막 귀뚜라미 북적여 울 때
모닥불에 쑥 향기 피워 내면 밤하늘에 웃음꽃도 피어올라
옥수수 섞인 보리밥도 함께여서 행복했다

아버지 무릎 베고 듣던 머나먼 고향 이야기
헤아릴 수 없는 은하수 건져 올려 꿈을 그리다
별 무리 속 유성 하나둘 나락으로 스며들면
꿈결인 듯 들려오는 아득한 노랫가락

흙바람 벽에 호롱불 그림자 홀로 시들다
깨워 보면 창호 문에 가득 고인 햇살
골방 문 너머 가마솥엔 누룽지 타는 냄새
등 굽은 할머니의 소박한 아침상!

사람을 만나면

사람을 만나면 그 사람의 모습보다
그 사람의 걸어온 길을 보라!
허공에 손 내밀어 핀 능소화 붉은 향기보다
여러 꽃송이 받쳐 준 대궁이 수고롭고
가지마다 퍼진 은사시나무 줄기보다
엉기성기 뿌리내려 그 몸짓 지켜 냄이 수고롭다
한 사람보다 그 사람의
메고 온 삶이 아름다운 건
한 계절 버텨 낸 대궁의 수고 없이
아름다운 꽃을 피울 수 없고
수백 년 세월의 무게 지켜 온 뿌리의 수고 없이
달콤한 열매를 맺을 수 없듯
한 사람의 인생은
온몸 부딪쳐 살아온 그 사람의
지난한 삶의 결정체이기 때문이다
사람을 만나면 그 사람의 모습보다
그 사람의 걸어온 길을 보라!

시골 서정

낭구 한 짐 하러 앞산에 올라
지게 작대기 받쳐 놓고
다리 꼬고 올려다보는 하늘
양떼구름 층층이 자릴 펴고
고추잠자리 짝지어 노닐면
어지럽게 내려앉는 동그라미
달콤한 꿈속 헤매다
이마에 떨어지는 빗방울
퍼뜩 깨워 일어나면
어느덧 해는 뉘엿뉘엿
앞산 자락에 걸려
한쪽 어깨 걸쳐 멘
빈 지게는 처질 대로 처진 채
면목 없이 들어서는 싸리문
들마루 아래 고무신 숨겨 놓고
조용히 숨어든 골방
눈치 없는 검둥이 섬돌 아래
신발 한 짝 물어다 놓고

꼬리 흔들며 짖어 대면
온 동네 떠나가듯
분 서린 어머니의 외침
밥 먹어라 하면 누구의 밥인지
검둥이도 나도 어리둥절
굴뚝 연기 휘날리듯
흔들리는 내 마음

사람이 그리워질 때

세상의 어떤 좋은 보약도
숲이 주는 보약만 한 게 있을까?
하루 이틀 산속에 머물다 보면
세상 속 시름과 고달픔 다 잊혀져
아픈 마음과 육신의 상처까지
조건 없이 품어 주는 산은
어머니의 마음을 닮아 있다

설움이 깊을 때는 산속 길을 걷자
만나는 숲속 동물들 눈인사하며
나무마다 깃을 옮기는 새들은
천상의 화음을 노래하고
솔숲을 걸을 때는 솔향기
자작나무 숲은 하얀 수피로
한여름에도 눈 내린 정취
만나는 능선마다 색색의 아름다움
골마다 손잡고 흐르는 계곡에
발 담그면 절로 한 편의 시상이

흘러넘치는 산은 창작의 보고

그리운 사람이 더욱 그리워질 땐
한 사나흘 산의 품에 안겨 있자
마음속 지우개 꺼내어
슬픔의 그림자 지우다 보면
어느새 모든 그리움
사랑으로 한 뼘씩 자라
설움도 슬픔도 만져 주는 산은
든든하게 안아 주는 아버지의 품

마늘을 심으며

갈아 놓은 묵전에 밤새 비가 내려
흥건한 물길이 잡혔습니다
긴 고랑 사이 해진 삽으로
흙을 엎고 이랑을 높여 놓으니
이미 반나절을 훌쩍 넘긴 늦가을 햇살은
아랑곳없이 거친 열기를 쏟아 내고
굵은 땀방울이 허기를 재촉해 올 때면
어김없이 삐걱이는 대문 사이로
찔레꽃처럼 수줍은 아내의 모습…
아내보다 반가운 찌그러진 양은 주전자의
시원한 막걸리가 먼저 오감을 자극해 옵니다
고랑 밖 성긴 풀 섶을 깔고 앉아
한 잔은 두 잔이 되고
석 잔이 비워질 때쯤
아내는 곱단한 손으로 잔을 빼앗아
허둥지둥 일어나고
그런 아내의 뒷모습을 허전한 두 눈이 따라갑니다
모자란 손을 재촉하며

마음만큼이나 허기진 10개의 구멍 속에
손마디를 움직여 모종을 심다
시큰한 허리를 추스르면
아래 개울 너머 고추밭 사이로
빨갛게 익어 가는 오후 햇살에
고추잠자리 서넛 비행을 합니다
문득 6개의 다리를 지니고도
2개의 날개를 덤으로 가진
잠자리의 행운을 바라보다
마늘밭에 엎드린 두 발 달린 짐승의
비상하지 못하는 비애를 담아
거친 흙을 한 움큼 가을 하늘에 뿌려 봅니다

맥문동

가을, 겨울, 봄
가로수 사이…
화려한 꽃들 사이
어둡고 그늘진 곳에서
말라 가던 풀 더미
가장 낮은 곳에서
존재를 잃어 가던 맥문동
한여름 장마 뒤
누구라도 보란 듯이
긴 꽃대 치켜들고
연보라색 꽃 구슬
알알이 피워 내었네!
가을엔 윤기 나는
검푸른 열매도 돋아나면
세월에 시든 이내 육신도
한 번쯤 다시 돌아와
화사하게 피워 내는
꽃이고 열매였으면…

7부

늙은 허수아비의 꿈

늙은 허수아비의 꿈

남들이 부러워하는
인생살이 아니더라도…
빛나는 청춘 시절 간직했던
소박한 꿈 한 조각
이루지 못해 아니
가까이 한번 가 본 적도 없어

가지 말아야 할 길
평생 이고 살아온 지난날
후회하면서도 이미
돌아갈 길 잃어버려

어느덧 희끗희끗해진 머리
노년의 작은 소망마저
이루지 못할 걸 알면서도
무거운 미련 때문일까
자꾸만 돌아보는 한 길

이젠 나의 길이 아닌
자식의 꿈 지켜 주기 위해
어느덧 나도
돌아가신 아버지처럼

텅 빈 가을 묵전 언덕
두 팔 벌려 나부끼는
늙은 허수아비 되어
허기진 눈물
뚝뚝 흘리고 있다

연탄

스물두 해를 잃어버렸다
스물두 해를 다시 잃어버렸다
스물두 해를 용서할 수 없다

허접한 젊은 날의 사내
스물 두 개의 구멍으로 들어가고
회한의 눈물은 따뜻한 구들장을 베고 눕다

참회의 눈물로 다시 일어나
스물두 해를 기록하기로 한다

컴컴한 아궁이 속 어둠을 밀어내고
젊은 날의 사내에게 손을 내밀어 본다

이제 그만 그 사내를 용서하기로 한다

스물두 개의 뜨거운 입김으로
그해 겨울은 따뜻했다

연필

나무로 된 긴 몸통에 검은 심을 박아
스스로 움직일 순 없어도
지면에 남기는 아름다운 자취
하루에도 몇 번씩 연필을 깎을 때마다
작아지는 심지를 보며
나의 영혼도 한 자루 연필과 같아
하나님이 쓰시는 대로
내 생명은 줄어 가더라도
육신 속 한 자루 영혼
세상에 곱게 쓰일 수 있는
흔적으로 남기를 기도하는
또 하루!

무소유

점 하나에서
나의 작은 우주는 시작되었다고
세월이 생각을 눕혀
기억을 어루만져 오면
마음의 평화는 어느새
깊은 산속 갈참나무 아래로
툭툭 울리어왔다

갈 길 바쁜 구름 서로 모여
앞산 뒷산 할 것 없이 비를 뿌리면
운명이라는 이름의
굵은 담쟁이로 육신을 묶고
출렁이는 물결로 일어나 때론
폭풍의 다리를 건너오곤 했다

삶의 그림자인 욕망 그리고 인연
마지막 남은 그림자 하나까지 지우고
붉은 노을 떠나 버린

혼자 남은 호수 그 고요함 위에
나는 밤새 참회의 편지를 썼다

그리고 더 이상
물결도 일지 않는 무념의 나라에서
눈이 멀도록 펑펑 울었다

양심

거미줄에 걸린 작은 나비
햇살에 비친 아름다운 지분
오색 가루 뿌리며
허우적대는 날개

팔자 좋게 늘어져
탐욕의 눈으로 바라보는 거미는
불쌍한 나비를 놔줄 생각이 없는 것 같다

아! 어쩌랴 한 번쯤
벗어날 수 없는
삶이라는 놈의 거미줄에 얽혀
좌절하며 살아온 기억

나비의 처절한 몸짓에도
편견에 갇힌 사고
이성으로 치장된 추락한 양심은
거친 사슬에 묶여

돛대 하나 없이 바다를 떠돌고

길 없는 길 헤매는 불쌍한 영혼
어둔 길 밝히는 등대
번쩍이는 나침반이라도
생의 지평에 한 번쯤 가까이 있었다면

누군들 죽을 각오로 살아가지 않는 생명이 있으련만
오늘 밤엔 아름다운 나비의 날갯짓
어지럽게 흩날리는 지분이
밤새 내 잠을 어지럽히겠다

이정표

누구나 한 번쯤 살아오면서
굽이진 삶의 길목에서
가야 할 길 망설이고 있을 때

빛나는 이정표 되어
제자리 듬직하게 지켜 주는
큰 바위 같은 스승 있어
인생의 갈림길마다
유리알 같은 가르침의 길을 얻어
조금은 순탄한 여정
찾아 나설 수 있었다면
하는 아쉬움 남아

때론 일렁이는 파도 마주할 때
괜찮다고 다독여 주며
먼 길 떠나는 사람
신발 만져 주는
어버이 같은 스승

이순이 다 되어서야
걸어온 길 뒤돌아보니
전조등에 비친 희미한 안개비처럼
후회로 남는 흔적들

마지막 가는 날
한 조각 미련도 남기지 않으려
남은 생 누군가의 든든한 바위가 되어
서성이는 길목마다
지켜 주는 어른이 되는 길
갈 수 있었으면!

귀목령

성난 바람이 무너진 석탑 아래
외투를 깔고 내려앉은 밤
무서울 것 없는 아이는
검은 묘지에 기대어
소리 없는 버들피리 한 곡조로
땅속 영혼을 불러 모으고
천 리에서 달려온 달빛 한 자락
수 겁의 땅속을 뒤집고 올라와
푸른 나방의 날개를 달고 날아오르면
붉은 철분을 토해 내는
통마름 약수 그 깊은 허기를 채워 낸
벌레들은 땅 위에 집을 짓지 않는다

귀목령 넘어온 까마귀 무리
풍장 한 주검들 위에 춤사위를 열면
장구한 세월 억울한 목숨 녹아 흘러
적목리 계곡 사시사철 스며들고
죽은 자들을 위한 진혼곡

두터운 봉분과 봉분 사이를 흐른다

삶과 죽음의 경계를 가르던 영혼들
삐걱이는 목선 타고 이승을 떠날 때
묘지에 이는 찬바람 휘감아 안고
흰 저고리 검은 치마의 계집아이
미친 듯이 춤을 추면
아이를 부르는 목소리
한 맺힌 그 목소리…

길

깊은 산속
청미래덩굴 아래
마주친 아기 뱀 한 마리
놀란 입을 벌리고
잃어버린 길을 묻는다

오십이 훌쩍 넘도록
길을 헤매 온 나에겐
지나갈 날들이 더욱
캄캄하기만 한데…

대답 대신
무화과 나뭇잎 하나
뱀에게 물려 준다

꿈

60이 다 되어 만난
젊은 날의 친구들
풀어놓은 열정 너무 시새워
밤새 나는 끙끙 앓았지

커다란 물은 폭포처럼 내려와
새끼 구렁이를 휘감고
안쓰러운 마음에
평안을 주었지

어미 구렁이 원을 청하여
이루지 못한 젊은 날의 욕심
한가득 풀어냈더니
생의 가장 큰 선물
이미 얻었다 하길래

고개 돌려 옆을 보니
곤히 잠든 아내의
평안한 미소를 보았네

가을 기도

가을에 떠나게 하소서
초가집 댓돌 위
검정 고무신 가지런히 세워 놓고
대나무 서걱이는 골창 너머
바람 소리 자장가 삼아
앞산 가득 붉게 물든 단풍
저린 가슴에 수를 놓은
이 가을 밀어내고
차가운 겨울이 오기 전
서둘러 떠나게 하소서

민들레 홀씨
마지막 여행을 준비하듯
세상 속 무거운 짐 내려놓고
어두운 곳에서 더욱 빛나는
반딧불 등불 삼아
색 바랜 대청마루
목침 가지런히 베고 누워

춤추는 붉은 노을
어둠에 묻히기 전
둘레길 여행 같은 한세상
웃음 지며 떠나게 하소서

가슴 시린 이야기들일랑
옛 회화 속에 묻어 두고
무뎌진 걸음 재촉하여
나를 찾기 위해
나를 버리고 가는 길
노래하는 풀벌레
공명처럼 울려오는 새벽
신기루처럼 부서지는 기억
아쉬움도 지워지기 전
풀꽃 향기 가득 실어 온
바람의 손목을 잡고
구절초 향기 가득한
이 가을엔 떠나게 하소서

비워 낸다는 것

오늘은 다시
어제 채웠던 욕망의 짐을 덜어냅니다
이른 새벽 가로등 찬 바람에 외롭고
아직 사랑하는 사람들을 깨울 시간은 아닙니다
한땐 채우지 못하는 것으로 괴로웠으나
이젠 비우지 못하여 괴로운 나를 봅니다

허공을 젓는 새의 날갯짓엔
가벼움이 있습니다
가벼워지지 않고서는 결코
당신에게 다다를 수 없음을 알기에
언젠가 마지막 한 가지
육신의 가죽마저 비워 내고 나면
그땐 비로소 당신께 돌아가길 원합니다

그리하여 오늘도 다시 한 가지
비워 내기 위하여 산에 듭니다
하지만 가장 힘든 건

사랑하는 사람을 비워 내는 것입니다
아직 찬바람은 가깝고
당신의 꿈속이 그립기만 한데
얼마나 더 많은 시간이 지나야
그 한 가지마저 비울 수 있을지
당신께 고여 흐르는 사랑이
야속해지는 새벽입니다

이미 주신 것의 소중함

작은 꿈, 작은 소망
작은 꽃, 작은 새
작은 집, 작은 인연

이미 하나님은
내 안에 작은 것들로
가득 채워 주셨는데
난 자꾸 큰 것을 주십사
보채는 기도를 했다

주어도 주어도
채워 달라 기도하는 사람들
하나님은 참 피곤도 하시겠다

작은 것에 감사하지 못하는 자는
아무리 큰 것을 가져도
만족하지 못한다

하여 하나님
이미 저는 충분합니다
제게 주신 모든 것
이미 저는 충분합니다

금낭화

후드득
빗소리에 놀란 금낭화
낭랑한 향기 피워 내면
숲속 벤치에 내려앉은
안개 자락 붙잡고
한 사흘
오랜 그리움 불러들여
통곡이라도 해야 할 것 같다

휘어진 활대
촘촘히 맺힌 복주머니
수줍게 열리면
첫사랑의 기억도 함께 피어나

계절이 서른 번 바뀌어도
귓가에 맴도는 그대 향기
여전히 익숙한데
무심히 풀어 내리는 빗소리

숨어든 돌담 사이
옛 추억 불러 모아
상처받은 가슴 어루만져 오면

발 없는 풀 자락 엮어
한세상 헤매다 돌아와
바람 풍장처럼 해진 영혼
처음같이 안아 주는
그대 어여쁜 향기 담아
다시 불러 보는 그 이름 금낭화!

섬돌 까는 날

나리꽃 옹기종기 모여 핀 화단 앞 정원 뜨락에 섬돌을 심는
날, 비가 오면 진흙이 묻어나는 수고로움은 여러 해 불편함
도 함께 묻어나 오늘은 큰맘 먹고 손바닥만 한 섬돌을 깔아
봅니다. 바닥에 흰 모래 곱게 늘어놓고 한 돌 한 돌 맞춰 가
다 보니 시원한 샛바람에 햇살도 순이 죽은 한나절이 되어서
야 곧게 늘어선 징검다리, 키 낮춰 자란 천일홍도 함께 늘어
서고, 가만히 뒤돌아보다 한 모양으로 정렬된 가지런함에 속
이 시려 마지막 돌 하나 이만큼 삐뚤빼뚤하게 틀어 놓습니
다. 그제서야 수줍은 함박꽃 활짝 피었습니다.

8부

삶 그 이후의
만남

죽음이란!

죽음이란!
움튼 가지마다
자릴 옮겨 앉는 파랑새처럼
깃털 같은 인연
여운처럼 남기고
이승과 저승 사이
잠시 옮겨 앉는 것일 뿐!

만남

그해 겨울
마지막 은행잎
머물던 바람

이승에서 멀어져 간다는 건…

이별은 영원이 아닌
새로운 만남의 시작

주여 당신의 품으로
상처 입은 영혼
품어 주소서!

그리고 그 이후엔
저희의 만남을
살펴 주소서…

* 매형을 보내며

어머니 1

주먹 쥐고 달려온
한평생

발끝 세워 버텨 온
한 백 년

서리 같은 거친 한숨
하얗게 쌓여
해진 손
해진 가슴
깊은 주름 강처럼 패었어도

세상만사 모두
감사한 일이라고
지나온 세월 앞에
숙어진 허리

하나님 살며시

그 손 펴
만져 주시니

평안이 깃든
당신의 얼굴

어머니 비로소
평안을 얻었네!

어머니 2

차가워진 가을 달빛
처마 끝에 내려앉도록
끝날 줄 모르던 어머니의 기도

하얗게 밝힌 보름달
차마 끄지 못한 채
쪽잠이 드시면
바이올렛 꽃대 하나
씨알처럼 올라왔다

가을볕 양지바른 산허리에
어머닐 묻고 돌아오니
어둔 방 모퉁이 쪼그리고 앉아
애써 흔적을 지우고 계신 당신

맨들맨들 달아 버린
묵주가 목구멍을 막아
꺽꺽 울음도 나오지 않는데

활짝 피어난 연보라 꽃봉오리
흔들리는 어깨를 일으켜 세워
날 위로하는데

따라오는 엄마의 그림자를
업고 걸어가는 뜨락엔
서러운 달빛만 덩그러니 흔들릴 뿐

내겐 더 이상 돌아갈 곳이 없었다
마음의 고향은 존재하지 않았다

한

슬픔도
사치가 되는
오늘

눈물도
위로가 되지 않는
오늘

기다림
기다림에

어머니 가슴엔
칡넝쿨만
한 움큼
자랐네!

* 세월호를 추모하며(2014.04.26.)

작은 영혼

어느 작은 영혼 하나
소나무 가지 끝에
위태로이 앉아 있다

꽃잎보다 가벼운
눈빛으로
세상 밖을 바라본다

덜어낼 수 없는
아픈 조각들
파도에 실려 간다

노랑 리본
바람에 휘날리면
가슴속 깊이
멍이 든다

* 세월호를 추모하며(2016.04.19.)

어느 노부부의 이별

석양의 노을 어루만지듯
하얗게 쪽 진 머릿단 풀어 헤쳐
마지막 가는 임
갈라진 안경테 밀어 올려
고운 얼굴 어루만지면
함께했던 80년 세월
꽃비처럼 쏟아져
님의 육신 덮는 눈물

가야 할 길 가야 한다는 거 알면서도
임의 손길 머물던
툇마루 낡은 지팡이
섬돌 위 덩그러니 놓인 흰 고무신
자꾸만 아지랑이 속절없이 피어나
쪽문 너머 늙은 소는
커다란 눈망울에 슬픔 가득 담아
하늘 향해 연신 고개 저어 오면
수숫대도 머리 풀어 고갤 숙이고

그리움으로 붉게 물든 저녁놀
깃털처럼 가벼운 님의 영혼
무정히 가시는 길
혼불을 놓아
설움 한 자락 펴 비단을 깔아 오면
가슴 시린 마음 단면 한 조각
곱게 곱게 잘라 내어
노을빛 내리는 차양 아래 걸어 놓고
홀로 구슬피 울음 우는
새하얀 두루미가 되었네!

달맞이꽃 바라기 사랑

허기진 세상 함께 달려오며
굽이진 삶의 막장에서도
한순간의 망설임 없이 곁을 지켜 준
고마운 당신이지만
손잡아 녹여 줄 마음의 여유가 없었음을
육십이 다 되어서야 깨닫게 되니
참으로 한심한 인생살이였습니다

폭풍우에 아름드리나무 쓰러져도
꺾이지 않는 꽃잎을 보고
대견스럽다 말하는 당신은 정작
조그만 바람에도 몸져눕고
세월의 무게에 쉽게 무너져 내려
나의 한숨은 깊어만 갑니다

한 상에서 아침을 먹고
한 침대에서 잠들고 한 수십 년
나의 시간 안에 당신을 위한
순간이 없었다는 뒤늦은 깨달음

그 수많은 세월 당신 홀로
감당하며 살아왔을
외로운 삶의 무게로
당신 가슴엔 얼마나 깊은 홈이 패었을까
생각하면 내 존재의 값어치 없음과
새삼 밀려드는 죄스러움

중학생 어린 소녀의 몸으로
거친 도시 생활 눈물로 이겨 가며
동생들의 생활까지 함께 지고 온
삶의 고단함은 또 얼마나 깊었을까
생각할수록 숙연해지는 당신의 인생
더하여진 나의 존재가 부끄럽기만 합니다
꿈속의 당신은 한결같이 먼 곳에 있어
가까이 갈수록 멀어져만 가는 당신
안타까운 마음에 잠 깨어 보면
곱게 잠든 당신의 모습을 확인하며
시인이 왜 사랑하는 사람이 곁에 있어도
그립다고 한 이유를 알 것만 같습니다

쏜살같이 내려앉는 세월의 무게에
속절없이 무너져 가는 당신의 육신을 보며

당신에게 다가갈 얼마 남지 않는 시간
주어진 시간이 그리 많지 않기로
뒤늦은 후회를 돌아볼 여유도 없이
코스모스를 닮은 당신의 모습을
가슴에 담고 또 담으며
댓잎에 맺힌 이슬이 떨어지는
그 순간의 시간도 아껴 가며
이제서야 당신의 삶을 온전히
나의 품 안에 껴안아 봅니다

당신과 내가 이승을 비우는 그날
당신과의 인연은 거기까지이길 기도합니다
그 이후에 오는 영원의 시간을 예비하며
내생에 다시 태어나면 당신의 삶이
나로 인해 더 이상 불행해지지 않기를
당신을 아끼는 새로운 인연을 만나
전생에 보상받지 못한 행복
충분히 누릴 수 있기를 기도하며
달맞이꽃 바라기 같은 나의 사랑 접을까 합니다
이것이 당신의 희생에 보답하는
내가 당신을 사랑하는 방법입니다

보낼 수 없는 사람

한 사람은 오는데
한 사람은 가는 세상

전봇대에 걸친
쓸쓸한 바람 홀로 나부껴
아스팔트 사이 마른풀은 휘날려도
반짝이는 이끼 돋아나
바위틈엔 새 생명 자라는데

희망의 끈을 놓은 사람
무심히 흔들리는 시계추
재촉하지 않아도
시간은 무정하게 흘러
눈치챌 사이도 없이
생의 종점에 다다를 텐데

어떻게 해야 삶의 희망 되돌릴 수 있을까?
희망은 살아가는 날들의 달콤한 초콜릿

누군가를 사랑하고
누군가에게 사랑받고 있다는 건
하루하루 돋아 오르는 씨알 같은 거

밤새 천둥번개 핑계 삼아 잠들지 못해
눈앞에 아른거리는 사람

시계추가 마지막 12시를 지나면
손등에 떨어진 눈송이처럼
흔적도 없이 사라져
하늘에 오를 사람

첨탑 위 하얀 나비
거친 바람 속에도
씻김굿 춤을 추듯 맴돌아

헤어짐은 영원한 것이 아니라
또 다른 만남을 위한 이별
이승은 잠시 기다림의 장소일 뿐이라고

천국을 오르는

하늘 계단에 앉아
남겨진 자들에
작별을 고하는 착한 사람

나비의 아름다운 춤사위도
위로가 되지 않는 날
무심히 떨어지는 안개비
끝내 보낼 수 없는

그 사람 그 이름 석 자

세월호

며칠째일까?
뜬눈으로 뒤척이던 밤
그저 꿈이라고 생각했지…

잠들지 못한 어린 영혼
가슴에 내려앉아
진액 같은 슬픔 어루만지네!

복사꽃 곱게 물든 드레스
두 손 가지런히 모은 채
잔물결 위에 누워 있던
꿈속의 소녀는
웃고 있었지

가슴에 붉은 상처
푸드득 새처럼 날아올라
심장을 파고들 때
알 수 있었지

그날 이른 새벽
어여쁜 꿈 접지 못하고
이승을 날아오르던
그 모습
그대로

내 잠들지 못하는 꿈길에
다시 피어나는
너인 걸…

별이 된 사람

대나무 숲에 숨어든
서늘한 바람 옷자락에 품고
우리 모두
위태로운 집을 짓고 한세상 살아가다
잠깐의 시간을 두고 서로
가야 할 길 가야겠지만
댓잎 서걱이는 소리
순간의 여백으론
이승의 그리움을 다 담아 내지 못하지

꽃은 져도
이듬해 더 화려한 봄으로 돌아온다지만
이별이란
세상 어떤 생명에게도
익숙하지 않은 것

먼저 가신 당신은
가장 깊은 밤으로 찾아와

은하수 하나하나의 별 되어
그리움 깊어질 때면
유성으로 흐르지만

아직 살아가야 할 날들
꽃무리처럼 남아 있어
지난한 봄, 여름, 가을 지나
가슴 시리도록 사무친 겨울 오면
기러기 한 무리
낮달을 물고 날아간 서편 하늘
껍데기 벗어 버린
맑은 영혼 하나 들고
하늘에 오르면
별이 된 당신을 만날 수 있을까?

떠나고 싶은 날

그저 떠나고 싶었지
어떤 마음도 담지 않은 채
발길 닿고 생각 해어질 때까지
낯선 길 열어 가며
문득 아침 창
넘나드는 갈대숲
바람 소리 따라
그렇게 떠나고 싶었지

갈매기 물고 가는 수평선
그 멀리까지 아득함 새겨 가며
묵은 나를 버리고 또 버리고
뒤처진 걸음 재촉하며
물처럼 흘러내리고 싶었지
서늘한 골짜기 지나
별빛 품어 빛나는 바다로…

나를 나이게 했던 수많은

세월의 기억들
지우고 또 지워 가며
갇힌 이성의 문 부숴 버리고
한 마리 힘찬 솔개처럼
한 번도 가 보지 못했던
상상 위의 집을 찾아
훨훨 날아가 보고 싶었지

때론 가던 길 무너져 내리면
꺾인 무릎 일으켜 세워
모든 간절함 머리에 이고
조용히! 조용히!
세상에 담았던 육신 거두어
초승달 빛 곱게 모아
빛을 가둬 빛을 내는 곳
침잠의 세계로 떠나고 싶었지
세상의 그 누구도 모르게…

어떨까?

배낭 둘러메고 잠자리 등에 올라타 가을 여행 떠나 보면 어떨까?

나비 날개 빌려 달고 별 수국 대궁에 한 사흘 머물다 오면 어떨까?

피노키오 긴 코가 어디까지 뻗어 있는지 보드 타고 가 보면 어떨까?

지느러미 밑에 달라붙어 연어의 고향까지 따라가 보면 어떨까?

청설모가 숨겨 놓은 도토리 훔쳐다 굶고 있는 다람쥐에게 선물하면 어떨까?

한가로이 풀 뜯고 있는 황소의 꼬리 잡아채고 뜀박질하면 어떨까?

하회탈은 누구를 모델로 만들었는지 제작자를 찾아가 보면 어떨까?

혹등고래 배 속에 들어가 바닷속 세계 일주 함께 해 보면 어떨까?

은하수 걸터앉아 버들피리 불어 보면 별들의 반응은 어떨까?

갯벌에 숨은 조개 속에 드러누워 한겨울 늘어지게 잠이 들면 어떨까?

내리는 빗방울 계단 삼아 층층이 하늘에 올라 구름자락 거둬 오면 어떨까?

겨울잠 자는 반달곰 굴에 들어가 어떤 꿈을 꾸고 있는지 속삭여 보면 어떨까?

하루 종일 비는 오고… 나는 무료하고 쓸데없는 상상은 끝이 없다

아버지 1

황해도 연백이 고향인 아버지는 배울 만큼 배우셨다는데 왜 그토록 가난한 삶을 사셨을까? 부처 먹을 땅 한 떼기 없었던 그 시절, 북으로 가는 길이 곧 열릴 것이라 믿었던 피난민들은 고향과 가까운 강화 인근에 정착촌을 이뤘다. 여덟 식구가 머물러 살 곳을 찾던 아버지는 도사리에 잠시 자리를 잡았고 그날 밤 아버지는 나이 어린 삼촌을 데리고 밤새 건넛마을 논두렁을 건너 볏단을 나르고, 흙담 위에 엉기성기 초가지붕 이영을 얹으셨다.

흙벽 사이로 거친 옥수수 대궁이 보이던 집, 덜컹거리는 문틈 사이로 황소바람이 불어올 때면 여덟 식구는 몸서리를 쳤고 다닥다닥 체온을 나누며 밤을 지새웠다. 밤이면 내려앉은 종이 천장 위로 쥐새끼들이 몰려다니는 소리에 편한 잠을 이루기도 어려웠다. 가장 견디기 힘든 건 추위도, 쥐도 아닌 배고픔이었다. 5살짜리 동생의 손을 잡고 겨울 논바닥을 뒤져 벼 이삭을 주워 오면 어머니는 말린 옥수수와 함께 죽을 끓여 허기진 배를 채웠다. 몇 달도 안 되어 낡은 지붕 사이로 비가 샜다. 떨어지는 빗물이 낡은 서까래에 번져 갈 때마다 새로 바가지가 놓이고 식구들의 움츠린 몸은 더욱 작아 보였다. 가난이 죄가 되지 않는다지만 자꾸만 죄스러운 나는 채 마흔도 안 된 나의 아버지가 느꼈을 좌절감을 생각하면 하염없이 눈물이 난다. 지금도 비 오는 날엔 퐁퐁하고 떨어지던 그 빗소리가 가슴 한편에 커다란 구멍으로 남아 지워지지 않는다.

아버지 2

홍제동 달동네 판잣집은 맨몸으로 오르기도 힘들 만큼 고
바위에 위치해 있었다. 다닥다닥 붙은 집들은 이사 온 첫날
부터 동네에 하나밖에 없는 지하수에서 5원짜리 물통을 서
로 채우느라 몸싸움이 나곤 했다. 한 지게 가득 물을 채워 집
에 이르면 물통의 절반은 비워져 있곤 했다. 푸세식 공동 화
장실은 생각하기도 싫을 정도로 지저분했고 동네 아이들 놀
이터인 산허리 공터에는 검게 굳은 오수처럼 똥 밭이 수북이
쌓인 연탄재와 함께 굳어 가곤 했다. 이사 온 지 채 한 달도
안 된 새벽녘 연탄가스에 중독된 나와 누이들은 정신을 잃고
의지와 관계없이 마당 앞에 뉘어져 있었고, 어머닌 동치미
국물을 한 국자씩 퍼먹이는 것으로 처방을 대신했다. 깨질
듯이 아픈 머리보다 그 앞을 지나던 마을 사람들의 발자국
소리가 나를 더 괴롭혔고 그 이후 연탄가스 중독은 연례행사
가 되었다.

배고팠던 교동도 피난 시절 마을의 배급을 담당했던 아버지
는 마을 사람의 모함으로 몸과 마음에 큰 상처를 입어 제대
로 된 직장을 갖지 못하다가 광산아파트 경비로 취직하게 되
었다. 어머니가 싸 주신 도시락을 아버지에게 가져다드리는

건 늘 나의 몫이었는데 어두운 경비실에 겨울바람처럼 말라 버린 아버지의 손에는 늘 굵은 막대 사탕이 들려져 있었다.

서울로 이사와 초등학교로 전학하던 날 한 교실에 80명이나 되던 반 친구들의 호기심 어린 눈빛보다 나를 괴롭힌 건 검은 딱지가 앉은 내 두 손과 비교할 수 없는 그들의 하얀 손이었고, 책상마다 놓여 있던 삼각 우유의 위용이었다.

아마 그 무렵이었을 것이다. 가방을 둘러메고 도망치듯 집을 나서던 나의 목적지가 학교가 아니고 산으로 바뀌었던 것은…. 오랜 세월이 지난 지금에도 내가 산을 찾아 오르는 건 아마도 어린 날의 그 막막함이 남아 있기 때문이고 그런 나를 조건 없이 품어 준 어머니 같은 산의 품이 그리웠기 때문일까? 지금도 그 시절을 생각하면 아버지의 손에 들려져 있던 사탕과 책상 위의 그 삼각 우유는 나를 서럽게 한다.

판자촌

금방이라도 넘어질 것 같은 담장 너머로 연탄이 들어왔다.
다시 스무날은 안심이다. 아버지의 한숨보다 어머니의 탄식
보다 괴물처럼 검은 입을 벌린 연탄집게를 내던지는 나의 눈
빛은 굴뚝도 없는 판자촌의 어둡게 내려앉은 하늘을 뒤쫓는
다. 판자촌 아래 세상은 하루가 다르게 변해 간다지만 나에
게는 여전히 길이 보이지 않는다. 빌라, 제과점, 하얀 운동화
는 모두 다른 세상의 언어일 뿐이다. 비수처럼 쏟아지는 수
많은 전조등 넘어 오수로 넘쳐흐르는 홍제천의 밤길은 그나
마 내겐 마음의 평온을 얻을 수 있는 유일한 공간이었고, 새
벽이슬이 해진 고무신에 내려앉을 때까지 굽이진 개천 길을
하염없이 헤매곤 했다. 태풍 부는 날이면 오르던 뒷산 너럭
바위엔 늘 바람에 몸을 맡기고 비행하는 한 마리 솔개가 나
의 육신과 정신의 비행을 꿈꾸게 하는 이상한 매력을 심어
주곤 했다. 하지만 그뿐 죽음을 떠올리긴 아직 어린 나이에
생활의 질곡은 삶의 곳곳에서 잔인한 흔적들로 남아 기억을
더듬어 낸다.

검게 그을린 연탄아궁이 위엔 찌그러진 양은 냄비가 들썩일
때마다 흰 거품을 내뿜고 있었다. 밀려드는 허기보다 참기

힘든 건 가발 공장에서 돌아온 어린 누이의 공허한 눈빛이고 나보다 먼저 희망을 포기한 누이의 체념이다. 그날 밤 난 연탄 하나하나를 담장 밖으로 내던지는 꿈을 꾼다. 그리고 장마에 넘친 비로 흙바닥 부엌 위를 떠다니는 검은 숯덩이들을 부표처럼 가슴 가득 끌어안는다. 잠 못 이루는 아버지의 긴 한숨은 끝내 내 오장육부에 흉터처럼 자리 잡고 눈물 한줄기 패인 가슴 위에 남는다.

익선동 옛길

ⓒ 이일홍, 2023

초판 1쇄 발행 2023년 8월 31일

지은이   이일홍
펴낸이   이기봉
편집   좋은땅 편집팀
펴낸곳   도서출판 좋은땅
주소   서울특별시 마포구 양화로12길 26 지월드빌딩 (서교동 395-7)
전화   02)374-8616~7
팩스   02)374-8614
이메일   gworldbook@naver.com
홈페이지   www.g-world.co.kr

ISBN   979-11-388-2239-8 (03810)